稲妻狩

野村喜和夫
Nomura Kiwao

思潮社

稲妻狩

野村喜和夫

思潮社

目次

0 （木が雷を飲む恍惚） 11

あ

1 （青い芯） 14
2 （遊べ） 15
3 （阿呆） 16
4 （雨） 17
5 （ありがとう反抗） 19
6 （あれこれ） 20
7 （あわい） 21
8 （イザナギ以前） 22
9 （市松模様） 23
10 （一様に） 24
11 （入れ替わりに） 25
12 （うしろの正面） 26
13 （訴え） 27
14 （瓜二つ） 28
15 （永遠） 29
16 （得体の知れない） 30
17 （おそろしい） 31
18 （音もなく） 32
19 （おまんこ） 33
20 （思う） 34
21 （オルガスムス） 35
22 （愚かだ） 36

か

23 （回収） 40
24 （怪物） 41
25 （搔く） 42
26 （角材） 43
27 （翳り） 44
28 （ガス） 45
29 （かたまり） 46
30 （渦中） 47
31 （神の喉） 48
32 （がらんとした） 49
33 （完膚なきまでに） 50
34 （気分） 51
35 （筋肉） 52
36 （草むら） 53
37 （首をひねっても） 54

38（黒） 55
39（黒犬ハル） 56
40（結実） 57
41（言語） 58
42（現在） 59
43（語彙集） 60
44（口辺） 61
45（苔） 62
46（心なんかいらない） 63
47（この世） 64
48（痕跡） 65

さ

49（魚） 68
50（咲く曼珠沙華） 69
51（晒された） 71
52（残酷すぎる） 72
53（残像） 73
54（自失のように） 74
55（刺繍） 75
56（思想） 76
57（舌） 77
58（じっと） 78
59（斜面） 79
60（侏儒） 80
61（人生） 81
62（真の詩） 82
63（髄） 83
64（すてきな人妻） 84
65（素晴らしく不穏な） 85
66（スペクトル分析） 86
67（性） 87
68（世界） 88
69（蟬しぐれ） 89
70（送電線） 90
71（そこまで） 91

た

72（たたかう） 94
73（垂らしてやれ） 95
74（蛋白質） 96
75（担保） 97

76（地上） 98
77（秩序） 99
78（地平すれすれに） 100
79（血まみれになって） 101
80（蝶） 102
81（散り敷かれた） 103
82（ついに） 104
83（つた紅葉が美しい） 105
84（定義） 106
85（出来事） 107
86（手前） 108
87（転居） 109
88（童貞） 110
89（動物園） 111
90（問え） 112
91（鳥の巣） 113

な

92（ながむし） 118
93（撫でてみる） 119
94（何も） 120
95（何をそんなに） 121
96（波ひとつ） 122
97（似てなんかいない） 123
98（ぬぷたぷぬぷたぷ） 124
99（塒） 125
100（ノイズ） 126
101（脳すれすれに） 127

は

102（ハアハア） 130
103（はじめに愛があった） 131
104（走る女） 132
105（8月5日午後3時31分） 133
106（母なる妹なる） 134
107（干からびたなまこ） 136
108（ひぐらし） 137
109（襞） 138
110（ひとつ） 140
111（秘密めかして） 141
112（悲鳴） 142
113（ひるひる） 143

114（不気味）144
115（袋小路）145
116（不思議）146
117（豚もキャベツも）147
118（冬の霞）149
119（分比津）150
120（骨）151
121（ほのぼの）152

ま

122（まちがい）156
123（無頭）157
124（無謬性）158
125（もうひとつの身体）159
126（盲目の手）160
127（燃え上がるべきだ）161

や

128（夢は干しておく）164
129（幼時の日だまり）165
130（欲望のままに）166

ら

131（リアルに割れた柘榴になって）170
132（老年）171

わ

133（私）174
134（私は狂っている）175
135（私は舌が）176
136（笑う山）177
137（笑わないぞ）178
138（笑われている）179
139（いつの日にか）181

自注 182
索引 186

装幀　思潮社装幀室

稲妻狩

0

（木が雷を飲む恍惚）

夏の終わりの
朝の稲妻
のような始まりを狩りながら
もしも**木が雷を**
飲む恍惚
それを言葉にできたらと思う

あ

1

（青い芯）

およそ出来事は
いつもちりちり
予見しえないことの雲を集めて
すてきな青い芯をつくるのでなければ
いつもちりちり
粉のように撒き散らされる

2 （遊べ）

生というフェリーでは
出発を遊べ
涙を遊べ 無口を眺望を遊べ
空のまっさらなキャンバスを遊べ
思い出の藻や喪の波を遊べ遊べ
待たれている岸が
やがて匂い出すだろう

3

（阿呆）

星は阿呆だ
言い終えてまた
春眠が深くなる

4

（雨）

名づけるとは
むかし雨という
柔らかな女神の行列がそうしたように
寺院や魚や
大地や草を
はこべやははこぐさを
うっすらと濡らすこと
乾いてきたら
また名づけ直さなければならない
われわれというありかたが
雨なのだ

投げ網のように柔らかく降りかかる
雨

5（ありがとう反抗）

ありがとう反抗
きみのいいところは
系譜が要らないということだ
いつどこであっても
単独にそして爆発的に燃え上がり消えてゆく
きみをもっともらしい根拠や
ネットワークに接続
したりしたら
たちまちきみは死んでしまうだろう
ありがとう反抗
少しは私も
きみの役に立ちたい

6　（あれこれ）

男の苦悩の大半は
脳髄からみえないペニスが突き出て
あれこれ指示を出すことによる
眼前の
桜よ散れ
骨灰のように
いやギャグのように

7（あわい）

夏が果てようとしている
路地裏に救急車が停まっている
このふたつの事柄のあわいに
私は胸
苦しくなるほどに
捉えられ
人を呼ぶ

8 （イザナギ以前）

生きてあることにからくりはない
ただ光へと伸びてゆく老い
その水をはじく肌理
その肌理に浮く脂
そこらではまだ
なんというイザナギ以前か

9（市松模様）

愚行を恐れるな
いつだって
ほら出口には子供たちがいる
われわれの愚行を受け取り
すてきな市松模様のボールに変えてしまう
透明な子供たちが

10 （一様に）

臨終の人はみな一様に口を結んでいる
不平不満がないということだ
安心して私は性交し
飯を喰らう
だいぶ日脚も
伸びてきたよ

11 （入れ替わりに）

そしていつか
別れの日が来るだろう
私は戸口で
とどまる者と抱擁を交わし
それから外の光のなかへ溶けてゆくだろう
入れ替わりに
闇の塊のような子供が
入ってくる

12 （うしろの正面）

花と咲く私の脳の
うしろの正面で起こっていること
蜥蜴だと思ったら朽ち葉だった
朽ち葉だと思ったら蜥蜴だった
私は絶望していない
死にゆくだけだ

13

（訴え）

苦しい私を取り替えたい
生きることを休みたい
みなさんそうした訴えは間違ってないです
取り替えればいいですし
休めばいいです
うっかり猫を踏んでしまった
あるいはごくまれに日没の瞬間にみられるという
神秘な緑閃光を見てしまった
ような事態にくらべれば
たいしたことないですから

14 (瓜二つ)

世界は滅多に退屈しないように出来ている
それでもしかし
私に似ている何かをみつけると
少しうんざりしてしまう
ましてや
私に瓜二つの者
に出くわしたりしたら
いったい私は
われわれは
まるく静かな秋の陽に閉じ込められて
シャボン玉のなか
みたいか

15

（永遠）

生から死への移行が突然であればあるほど
その隙間に永遠
の入り込む
余地がある
ゆるやかな移行は
気の抜けたビールのようなものだ

16
（得体の知れない）

発狂も雪も
遠いが
ハッピーバースデー
きみの皮膚の下で
何か得体の知れないものが沸騰している

17 （おそろしい）

生きるとは
そばにも人がいるということ
おそろしい
つまり政治か恋か
どちらかが発生してしまうということ
おそろしい
もう春だ
と阿呆な日向がつぶやいて
そこにたっぷりと
人の影がゆれるよ

18

（音もなく）

あの飛行機雲
先端が注射針のように
空の奥をつきすすむ
あの飛行機雲
がいま
音もなく
私の眼球の裏に入っていったところだ

19　（おまんこ）

おまんこ

という言葉ほど美しい日本語もそうざらにはない
響きが柔らかく
ひらがなの魅力にも満ちて
こんなすてきな言葉をどうして伏せ字にしたりするのか
私には不当な差別のようにみえる
いやもしかしたら
伏せ字にするほんとうの理由は
ほかの言葉にまじってその美が損なわれてしまうのを
恐れてのことかもしれない
世間は私よりも
はるかに巧緻で思慮深いことが多いものだ

20

（思う）

文はひとつの退廃だと思う
ただの白茶けた昼の光だと思う
あけぼのである叫びや
夜である沈黙に
及ばない

21（オルガスムス）

今宵
きみ
魚のように脂肪づいて
オルガスムスが近いぞ
おめでとう
澄まし顔の言の葉の流れがくすんでゆくぞ
おめでとう
叫びだ
叫びだ

22
（愚かだ）

若者よ
携帯のメールで愛の告白をするのは
愚かだ
文通をすすめる
手紙に精液を添えて送ることもできるのだ

か

23

（回収）

しんとした夏の昼下がりを
すすむししむらしずかです
影についてはあまり深く考えないほうがいいです
もうひとつの自分
なんて考え出すと
影のほうがのさばりしゃしゃり出て
私たちを闇の奥処へと回収しかねないです
影はふつうに前かうしろを
うろうろしてくれていいです
すすむししむら
しずかです

24

（怪物）

おおなんだか
眼もまた勃起するし
耳もまた勃起するし
こんな私は怪物だろうか

25

（掻く）

夢を文字の明るみへ
掻く
掻き出す
女の子が電車でお化粧をするように
品の悪さは生まれつきだ

26

（角材）

ある日
私は十七歳で
ざらざらした角材だった

27

（翳り）

セックスとは
比喩的にも字義通りにも
翳り
でしかない
そう
きみのお腹の下の
翳り
そこに私を惑わすいったい何があるというのだ
と思いながら
また人生を棒に振ってしまう

28
（ガス）

私とか
どうあがいても
泥のなかの熱狂
だがまれにガスが発生し
そこから閃光が走る

29

（かたまり）

息は送り
返されない
夢も人もかたまりだ
空域に何か
香っている

30（渦中）

渦中にあれ
いつまでも渦中にあれ
老年になると世界がよくみえるようになる
知恵がついたからではない
世界との距離ができたから
おのれの外に世界を感じるようになったからだ
とりもなおさずそれは
おのれが世界から締め出されつつある
ということ
渦中にあれ
たとえ世界などみえなくとも

31

（神の喉）

雷に
雷を
重ねて
届く神の喉？

32（がらんとした）

なぜがらんとした
場所に惹かれるのだろう
空き部屋とか
廃墟とか
人がいた痕跡があるからか
それとも
人を追い払った場所それ自体の悪意が心地よいのか
たぶんその
両方だろう
形而の上も下も
きょうは青あらしが吹いている

33　（完膚なきまでに）

夏だ
完膚なきまでに誰かの情欲をそそるか
そそられるか
でなければ蜩でも聴いて
悟りまくるがいい

34　（気分）

生涯にわたる
気分
というものがあるだろう
脳の底に石が
沈んでゆく
とその石を追って
別の石がいくつもいくつも沈んでゆく
というような

35
（筋肉）

一日の終わりの
だらけた安らぎのなかで
しかし
たとえイメージトレーニングだけでもいい
不穏な朝へと
筋肉は鍛えておくべきだ

36 (草むら)

理想は
高く掲げるからこそ理想である
現実がその高さまで来られるかどうかは
別問題だ
戦争は
国際紛争を解決する手段としては
これを永久に放棄しよう
草むらは
きりきりと蛇のような遊びをする場所としては
これを永久に保持しよう

37

（首をひねっても）

よく学び
よく生きた
それゆえ私は
どこに行こうとしているのか
よくわかっている
どこから来たのかもほぼ
だがいまどこにいるのかということだけが
いくら首をひねってもわからない
吐く息が白いので
ふとテロリスト
にでもなってやろうか

38 （黒）

感情にも色がある
憎悪や絶望の色はもちろんどす黒い
しかし暗黒星雲が星の誕生の場となるように
黒は母なる豊饒の色でもある
侮蔑の色はもっと明るい
ほとんど空の青にもひとしいほど
しかし何も産み出さない

39　（黒犬ハル）

痕跡をつくれ
ただ痕跡を
それがほんとうに当人のものであるかどうか
という証拠などはどうでもよい
そんなものがあったら
もう夢見る余地がなくなってしまうだろうから
ただ痕跡を
つくれ
と書くまにも
窓の外
雪の積もった空き地に
黒犬ハルが踊る墨汁のように飛び出していった

40 （結実）

ことの葉の粒を焼き
ことの葉の笹を焼き
そしてどこかに結実しているのだろう
あけびのような叫び
叫びのようなあけび

41（言語）

頭で組み合わされた言語は
理解しやすいが伝わらない
真の言語あるいは
身体の奥底から絞り出されたような言語は
間吊るか
魔吊るか
ほとんど理解不能だが
伝わってしまう

42
（現在）

現在とは何か
狭い狭い絶巓の高みだ
そこに身を置きつづけることはむずかしく
たいていは過去か未来か
どちらかの谷に滑落してしまう
谷には鳥がいて
滑落した人の
夢や追憶をついばむ

43 （語彙集）

世にののしりや
悪口の言葉の類は
星の数ほどもあるのに
好きだよ
とか
愛の**語彙集**の何と貧しいことだろう
花冷えに
人が細くみえ
硬くみえる

44（口辺）

詩は口辺で
作られる

45
（苔）

夏はまだ浅いけれど
すべすべの脇窩をみせて
女が往く
すてきだ
私は声をかけたくなる
もしも男から男へところがってゆくならば
あんたには苔が生えない

46

（心なんかいらない）

ぜひ学んでほしい
愛に心なんかいらないということ
みんな元気で
きょうも愛している
渇いて水を飲むように飢えて肉を頰張るように

47

（この世）

せっかくこの世に生まれ出てきたのだから
混乱のひとつやふたつ
起こそうではないか
巌に
蝶の
われわれよ

48 （痕跡）

何かものを考えた痕跡があるうちは
私とかあなた
完成しません
考えに考え抜いて
ものを考えた痕跡がすっかり消えたとき
私とかあなた
つるつるに完成します

さ

49
（魚）

私はさながら魚である
言いたいことはたくさんあるのに
口のあたり
何かしら水で一杯だ

50 (咲く曼珠沙華)

人がいる
ということはつまり
皮膚がある
ということで
皮膚のつながりにおいてわれわれはもう
孤独ではなく
波うつ幾らかの起伏
どこまでが私なんだ
という声のない叫びが
ネットのようにわれわれを覆い包み
その隣に

咲く
曼珠沙華

51 （晒された）

危機へと晒されたとき
われわれの切り口は
うす青く
美しく輝く
氷河の溶けかけた先端がそうであるように

52

（残酷すぎる）

かつてスクリーンからは
痛ましくも乳房がこぼれつづけ
さながら寒椿
でも生身の女性に対して
心だの感情だのを持ち出すのも
飢えた子供に文学を語るようなものだ
残酷すぎる

53

（残像）

いのちとは
人を行為が
光のように突き抜けていった
その残像のゆかしさ

54 （自失のように）

自由というのは
保存がきかない
たえず乱費されるか
使いもしないままに失われてゆくか
どちらかだ
という自失のように
寒林に
入り日アダージェット
暗澹と

55 （刺繡）

まなざしは
もしそれが楽しく注がれるならば
対象を刺繡し
もしそれがつまらなく注がれるならば
対象を縫い閉じる
であろう
衣更えの
少女の袖のあたりが
発光しているよ

56

（思想）

対っていいな
睾丸だって卵巣だって
みんなそうだもの
思想もふたつ
もっておくといい
ふたつあればぶつかり合うしぶつかり合えば
こわれる
そのくらいがちょうどいい

57 （舌）

考えることは苦手だ
という人がいる
それならまず舌を動かしてみることだ
思想のひとつやふたつは
生まれてくる

58　（じっと）

ある日
光をじっとみつめていると
光にもたくさんの穴があることに気づいて
私は肌に
粟粒を生じた
空には囀りが
楔のように満ちて

59 （斜面）

もっとも恐ろしい眩暈は
意外にも低くゆるやかな斜面で人を
待っていたりするものだ

60 （侏儒）

私はなぜか
木枯らしが吹くと
耳から侏儒が躍り出る
何も信じないことだ
そうすればつねに新鮮な驚きを保つことができる
いわば永遠の子供でいることができる
おお侏儒が
枯れ葉を絡めて
くるくるとまわり始める

61（人生）

さあ
とりあえず眠ろう
それが人生だ
たとえ明日死ぬことになっていて
もう眠る必要なんかなくても

62　（真の詩）

平和とか愛とか
という言葉を
もちろん私はあまり好きではない
でもふだんは不活性な
そうした言葉によって
人が数センチでも地面から跳躍することができたら
それこそは真の詩であろう

63
（髄）

鏡が苦手だ
自分をみつめないで済むように
いたるところの鏡を断ち割りながら
耳の迷宮のなかへと私はすすみゆきたい
そのなかでは
もしかしたら死さえもが髄のように柔らかいぞ髄のように

64

（すてきな人妻）

昔そう信じられていたように
精子が人間のかたちをしていたら
私はのべつそいつらの情欲に突き動かされて
路傍の石をも抱こうとしたであろう
あるいは逆に
のべつ気持ち悪くて
近所のすてきな人妻に対してさえ
欲望はブロックされてしまったであろう
何はともあれ
おたまじゃくしでよかった

65 （素晴らしく不穏な）

素晴らしく不穏な
朝の稲妻をみるためなら
きょうのきみとのデートを反故にしてもいいし
さらに
素晴らしく不穏な
朝の稲妻を狩ることができるなら
全裸でシーツを身にまとうきみの曲線のすばらしさを
犠牲にしてもいい

66

（スペクトル分析）

ある対象が美しくみえるのは
とりわけそれが遠ざかりつつあるときである
霜の夜
臨終の母へ
アクセルを踏む
遠ざかりつつある星の光のスペクトル分析は
赤方に偏倚するというが
美とはその赤方である

67 （性）

思想なんかくだらないな
性をもたないから
子供ひとり生み出すこともできない
私はといえば
かしこくもありがたくも性を授けられているくせに
子供ひとり生み出せなかった
思想以下だ

68 （世界）

ある日
私は七十七歳で
世界がまだ終わっていないことに
驚く
おおまた
深爪してしまった

69 （蟬しぐれ）

よく知られているように
絶望をどんどん足してゆくと希望になり
希望をどんどん足してゆくと死にいたる
その前夜
なにもかもが蟬しぐれのように高まるだろう

70　（送電線）

ある日
私は十二歳で
冬の雲を載せ
北風にびゅんと鳴る送電線だった

71 （そこまで）

語り得ぬというそこまで
赴かなければならぬ
みずからはどんどん不詳になりながら
赴かなければならぬ
あらわれてくる道々は
奥行きもなく扉へまっしぐら

た

72

（たたかう）

私はたたかう
このひらたい大地で眩暈を得るには
無理してでもたたかうしかない
死のときには死を
おもてに
星の匂いがめぐりますように

73

（垂らしてやれ）

趣味の良さというのは
理想のパートナーみたいなもので
どこかウソっぽい
鳩の糞でも垂らしてやれ

74

（蛋白質）

笑いはセックスの近くに
ころがっている
蛋白質の
どろりとしたかたまりのように

75 （担保）

死をてなずけることはできない
もてなすことなら
できる
立雛のまなこが
家の奥で見開かれているよ
死こそは
われわれの生の唯一の担保
もしも死が機嫌を損ねて出ていってしまったら
われわれの生もなくなるのだ
立雛の首が
家の奥にころがっているよ

76　（地上）

梅雨が上がって
全天の毛穴が消滅してしまった
かと思うとこの地上
どんな人間にも魂があるという
だったら私の体を
叩いてくれ
サンドバックのように叩いてくれ
そこから埃のように魂とやらが立ちのぼる
かもしれないから

77
（秩序）

私の内奥は混沌としている
それはそれで仕方ない
むしろ気が滅入るのは
混沌を混沌のままに表現する言語の秩序というものが
およそ考えられないということだ

78

（地平すれすれに）

脳を
地平すれすれにまで下げてゆくと
いつも稲妻だ

79 （血まみれになって）

血まみれになって生まれてくる私たち
だからといって
血まみれになって死んでもいい
というわけではないでしょう
この世の果ての
海のおもてで
昼寝する蝶もいますからきっと
きっと

80
（蝶）

痙攣とは飛躍
の始まりであり終わり
でありその中間に
舞ったまま凍っている
凍ったまま舞っている
膨大な数の
蝶
の層のきらめきの果てのまた何かけいれんけいれん

81

（散り敷かれた）

顔と
顔でないものと
その散り敷かれた境界のうえをすすむ生
秋深し

82 （ついに）

老いの
まどろみのなかに
ついに見出された平安
ちがうちがう
半夏生のころの
情交でしわくちゃになったシーツの
襞のなかに
ついに見出された平安

83 （つた紅葉が美しい）

時間とは何か
などと考え始めたら
それはもうあまり時間がないということだ
まだともう
のあいだでつた紅葉が美しい
などと考え始めたら
それはもう

84

（定義）

定義は頭を
かたくする
脳それ自体は
スプーンで突き崩せるほどなのに

85
（出来事）

出来事のあと
外へ外へと意識の零れてゆくあいだ
フラッシュが焚かれ
人だかりが分かれ
そのすきまに
わたくし穂
織り
出されていたか穂
売り
出されていたか
胴よ胴よ

86
（手前）

死が切り立っているときには
その手前に
永遠に咲いているかと思われる不思議な花の
群落がひろがって
いたりするものだ

87 (転居)

霊柩車
あれはよくない
死もまた墓への転居のようなものなのだから
遺体はひっそりと
あるいは堂々と
引っ越し専用のトラックか何かで運ぶべきだ

88

（童貞）

ある日
私は五十三歳で
ふたたび童貞になった
そうして街へ
老いというものを初めて抱きにやらされる

89 （動物園）

きみを愛そうとすると
私のからだのなかで動物がめざめる
ほら骨髄を
蛇がうねり
肋骨という檻のなかで
虎が徘徊しはじめているよ
まるで**動物園**だ

90 **(問え)**

ただ問え
刈られるまえの
芒をそろえた稲穂のように

91 （鳥の巣）

鳥とか
にくらべたら
私たちの生きられるスペースはわずかだ
することもあまりない
私は腹這いになって
毛を集める
私の毛や女の毛や
べつの女の毛や犬の毛や
誰のともしれぬ毛や誰でもない者の毛
およそ毛らしくない毛や
毛を超えた毛

それらをまとめて
鳥の巣
のようにてのひらに乗せ
世界
と名づける

な

92

（ながむし）

身のうちに灰の実のこぼれる
うるわしい
でも私を見て逃げたながむしの行方を知らぬとは
もう全然かなしい
ゆるくゆがみゆく
私が何だ

93（撫でてみる）

まず撫でてみることだ
思い出したり泣いたり笑ったり
するまえに
世界はうわべから出来ているのだから
いとしいひとの
からだはおろか
壁に映った自分の影でさえも
撫でてみる価値がある
と思う

94

（何も）

戻ってくる
晴朗な眼が
狩りそこねた朝の稲妻に連れられて
戻ってくる
湿った大気のなかで
それはもうほとんど何もみていない
というのは
何もかもが
みえているから

95 (何をそんなに)

たとえば
本気で迷路パズルを解こうとするやつがいる
何をそんなに
急いでいるのかと思う
迷うべきなのだ
どうせひまつぶしなのだから

96（波ひとつ）

波ひとつ
大きくうねって
おーい
どこまで行くんだい
夏の果てまで
雌をさがしに行くのかよ

97
（似てなんかいない）

ぼくの彼女は鏡の性器をもつ
そこをのぞくと
青いオレンジな大地のうえの
愛の稲妻と変動する株価との必然の出会いのように美しい
ありがとう世界いちめんにひろがる
めくるめく類似！
もちろん人が考え出した遊戯だ
ということはつまり
何ものもほんとうは互いに似てなんかいないのだ
鏡は性器を去り
空におもむく

98（ぬぷたぷぬぷたぷ）

ぬぷたぷぬぷたぷ
情欲のもつ生命力ときたら
死後も伸びるといわれる髪の毛にも負けないくらいだ
ぬぷたぷぬぷたぷ
春の泥よ

99
（塒）

快楽と苦悩と
どちらかを選べと言われたら
迷いに迷いながらも私は苦悩を選ぶ
快楽はただ蒸発するだけ
素肌のうえの
水分のように
だが苦悩はちがう
現在という瞬間に重石のようにのしかかり
それを深淵という名の塒に
変えてくれる
ありがたや
塒のなかはあたたかい

100

（ノイズ）

雪の朝
静かすぎて
ふと街に戒厳令でもしかれたのか
と思うことがある
やがてかすかに擾乱の音
いやそれは私の内部からきこえてくるノイズだ
外になりきれない私の
サリサリや
キサラサラだ

101

（脳すれすれに）

地平を
脳すれすれにまで持ち上げてゆくと
いつも稲妻だ

は

102

（ハアハア）

快楽とは
ほんのすこし薄められた苦痛である
織られた息がハアハア
川のような眩暈のうえを
渡ってゆく
あるいは眩暈が
川のように織られた息のうえを

103（はじめに愛があった）

私たち
役立たずの私やきみが
この世にいる以上
はじめに愛があったのはあきらかである
理性や秩序はあとからついてきたにすぎない
ああ胎内でみた
ぬめぬめした月がなつかしい
今日でも
相手あるいは自分のお腹が大きくなってから
はじめて頭を働かせれば
それで十分だ

104

（走る女）

走る女は美しい
彼女自身をどんどん
脱ぎ去ってゆくようにみえるから
彼女自身の不在に向かって
どんどん宙を飛んでゆくようにみえるから

105

（8月5日午後3時31分）

死とはつまるところ
どうしても辿り着けない一瞬である
だがいま8月5日
午後3時31分
暑い盛りの石の街に体をなじませ
余分な脂や水分や思考は溶け出すがままにしておくと
やがて骨をつたう
火の眠りのひとしずく
それがそのどうしても辿り着けない一瞬に
かぎりなくかぎりなく近づく

106

（母なる妹なる）

ゆっくりと
重たげに歩み
たっぷりと
時をついやして輝き
またあたりを輝かせる
母なる妹なる
乳にみち
分泌にみち
やわらかな器官にみち
母なる妹なる
そうして私を取り囲み

私が骨と筋肉だけの硬い牢獄にすぎないことを
知らしめて苦しめる
母なる妹なる

107

（干からびたなまこ）

生きるとは
欲望の対象が右へ左へと逃げ去って
やがて欲望だけが
干からびたなまこのように残る

108

（ひぐらし）

私は絶対に追憶しない
追憶は無能な者の
逃げ道である
だがこのひぐらしは
このひぐらしに癒されている私は
以前にひぐらしを心地よく聴いたことがあって
それにこのひぐらしが重ね合わされているからではないか
このひぐらしは
このひぐらしは

109

（襞）

おお
たくさんの襞
夢のあと希望のあと
すべては痕跡においてすてきだ
という名の
おお
たくさんの襞
眩暈がつづき恍惚がつづき
うねりにうねりひたひたに満ち
おお
たくさんの襞

私を下にきみを下に
ゆがむ顔だけがのぞいて
おお
たくさんの襞

110

（ひとつ）

愛は算数を裏切る
ひとつのからだにもうひとつのからだを足して
なおひとつだというのだから
愛を知って以来
私の学業成績は目に見えて落ち始めた

111

（秘密めかして）

明晰にまくしたてても
人はぽかんとするだけだ
説得したかったら
秘密めかしてささやかなければならない
線虫の
名はエレガンス
ささめ雪
とかね

112

（悲鳴）

明日を思いわずらうことなかれ
というのはまちがいだ
大いに思いわずらったほうがよい
そこからなけなしの
希望も生まれるのだから
ほら
短日の
たくさんの遺伝子の悲鳴が
空をくすませているよ

113

（ひるひる）

時は伸び縮み
自在なコンクリート
堅牢なゴム
墓の脇では秋桜が
ひるひる伸びていて楽しい

114

（不気味）

ある日
私は三歳で
私という風を詰めた袋が
床に不気味に転がっていた

115

（袋小路）

私の未来は袋小路である
どうあがいても
女にはなれそうにもないから

116

（不思議）

男根の不思議について
ベッドのうえでは顕教のようにふるまい
街なかでは密教のようにふるまうその不思議について

117 （豚もキャベツも）

下痢か便秘かどちらかを選べ
といわれたら
迷うことなく下痢だ
かつてある詩人が言った通り
われわれは管のごとき存在であり
下痢においてそれが
いささか過剰にせよ機能していることを知るのは
とてもよいことだ
滞留はいけない
われわれが何かの滞留の場である必要は
まったくない

さあどんどん出て行ってくれ
豚もキャベツも
どんどんわれわれを
抜けて行ってくれ

118

（冬の霞）

冬の霞のあたたかさにつつまれて
語らう女たちの
輪にまぎれていると
たしかに人生は永遠より一日だけ短い
だがその一日のなかに
多くのものが蔵いこまれてゆく

119

（分比津）

詩とは分比津である
涙とともに
精液とともに
たとえギリシャの太陽であってもそれを
霧散させることはできないだろう

120
（骨）

目的なんてどうでもいい
要はそのためにどれだけエネルギーを費やしたかということ
骨折り損や無駄骨の
その骨にこそ
光は宿る
ある朝私は
頭蓋骨が内側から光り出していることに気づいた
徹夜して仕事をしたが
みじめな一篇の詩しか
生み出せなかったのである

121

（ほのぼの）

少女と少女とのあいだに
ほのぼのと桜
桜と桜とのあいだに
ほのぼのと
待機の時間
ああほのぼのが自律してゆく
かさね
あわせ
おり
つまみ
むすんで
ひらいて

ま

122
（まちがい）

英語でメイクラブというのはまちがいである
愛の営みがわれわれをつくったのだ
これからもわれわれをつくろう
菜穂子さん香織さん
垂乳根
さんさん

123

（無頭）

促しもしないし
促されもしない
生きていてもっとも気分がいいのはそんなときだ
私はただ
骨を外に
無頭の胎児のようにうずくまる

124
（無謬性）

無謬性は日傘のようなもの
夏の強い日差しから肌を守ってくれるが
それだけだ
無造作に日焼けしたたくましい人の皮膚には無用である

125

（もうひとつの身体）

あなたや私
身体はどこに置かれていてもよい
内部に稲妻が
保たれているのなら
そしてその稲妻を狩るもうひとつの身体が
ひそんでいるのなら

126

（盲目の手）

盲目の手が
よってたかって
状況をいじりまわしている
落ち着いた眼がひとつあれば
十分なのに

127

（燃え上がるべきだ）

右も左も
ない
ものを変えようという炎は
情炎と同じ
ところかまわずに燃え上がるべきだ

や

128

（夢は干しておく）

幻想レシピ第一番
夢は干しておくこと
そうしないと日持ちしない
現実という天日をたっぷり浴びせて十分に乾燥させたのち
おもむろに時間という水に戻すがよい
夢はふわりとひろがりを得て
もとの三倍ぐらいの大きさになること必定だ
ただし滋味も溶け出してしまうが

129

（幼時の日だまり）

ああどこに
幼時の日だまりはあるか
そこへ戻り
そこでしばらくあたたまり
そこからふたたび発ちたい
と思うのに

130

（欲望のままに）

夏草の茂みを分けて
奇跡のように
きみのよく熟れたボディが近づいてくる
欲望のままに生きることだ
ほんとうに自分のものだといえるのは
欲望だけなのだから

ら

131

（リアルに割れた柘榴になって）

生きているかぎり
どこまでいっても人間であるほかないというのは
どうにも決まりのつかないことではないか
せめて骨が
肉の外に徐々に
塩の結晶のように析出されてくるとか
首から上がこのうえもなくリアルに
割れた柘榴になって
夢や負債が
そのなかでぷちぷち赤く
熟しているとか

132
（老年）

老年とは
成し遂げたことの総和に
羽毛のように包まれてあること
やがてそのために呼吸が
できなくなるまで

わ

133
（私）

私は出無精なくせに旅をしたがる
無精髭をたくわえて家にこもっているか
旅に出ているか
どちらかだ
旅はできれば外国がいい
母国語という保護膜ができていること
が意識されていること
が私の仕事の条件である
なんて断定は
したくないが

134

（私は狂っている）

揺れて豚
とどまって豚
仮に私は狂っている
にしても
顔に狂気が刻まれているのではない
狂気が顔そのものを
描き出しつつあるのだ

135

（私は舌が）

私は舌が語る
私は舌が語る
だがそのことにこれといった内実はない
器を想え
器が空無にかたちを与えるように
語る舌は沈黙に音を与える
それだけだ

136

（笑う山）

人間は存在としては不幸だが
物質としては幸福である
分泌せよ
眩暈せよ
物質の向こうの笑う山に
日が落ちかかる

137
（笑わないぞ）

あなたが悲しいときは
私も悲しい
だがあなたが笑っているときには
絶対笑わないぞ

138

（笑われている）

希望をもつためには
たえず絶望しかけていなければならない
いやはやそれも疲れることだ
秋の陽射しに並ぶ
九百代九百人のおばあさんに笑われている
ような気がする
それが永遠
ということなのかもしれない

139

（いつの日にか）

私は望む
私の本がひとりでに読まれるのを
読者なんか必要なく
ひとりでにページがめくれ
言葉は空気と
空気は言葉と
ひとりでに理解しあって
読者なんか必要なく
いつの日にか読者なんか必要なく

自注

タイトル
「いなづまを手にとる闇の紙燭哉」（松尾芭蕉）、あるいは加納光於の「稲妻捕り」と題されたカラーリトグラフ連作を想起しつつ。

4 （雨）
「南風は柔い女神をもたらした。／青銅をぬらした、噴水をぬらした、／ツバメの羽と黄金の毛をぬらした、／潮をぬらし、砂をぬらし、魚をぬらした。／静かに寺院と風呂場と劇場をぬらした、／この静かな柔い女神の行列が／私の舌をぬらした。」（西脇順三郎「雨」）

5 （ありがとう反抗）
「反抗に関していえば、われわれの誰ひとりとして、先駆者なんか必要としてはいけないのだ。」（アンドレ・ブルトン『シュルレアリスム第二宣言』）

8 （イザナギ以前）
「次に國稚く浮きし脂の如くして、海月なす漂へる時、葦牙の如く萌え騰る物によりて成れる神の名は、（……）次に伊邪那岐神。次に伊邪那美神。」（岩波文庫『古事記』）

21 （オルガスムス）
「今宵、魚のように脂肪づき、赤い夜の十箇月さながらに燦然たる、氷の山のシルセトに（……）」（アルチュール・ランボー「帰依」）。

23 （回収）
たとえば、影に魅せられた男の死を描く梶井基次郎の短編「Kの昇天」に、「K君は、影は阿片の如きものだ、と云つてゐました。若し私の直感が正鵠を射抜いてゐましたら、影がK君を奪つたのです。」とある。

36 （草むら）
「日本国民は、正義と秩序を基調とする国際平和を誠実に希求し、国権の発動たる戦争と、武力による威嚇又は武力の行使は、国際紛争を解決する手段としては、永久にこれを放棄する。」（日本国憲法第9条）「きつと可愛いかたい歯で、／草のみどりをかみしめる女よ、／女よ、／（……）／さうしてこの人気のない野原の中で、／わたしたちは蛇のやうなあそびをしよう、／ああ私は私できりきりとお前を可愛がつてやり、おまへの美しい皮膚の上に、青い草の葉の汁をぬりつけてやる。」（萩原朔太郎「愛憐」）

37 **（首をひねっても）**
ゴーガンの名高い絵のタイトル「われわれはどこから来るのか、われわれは何であるのか、われわれはどこへ行くのか」をふまえて。

40 **（結実）**
「つぶやき」に「粒焼き」とあてるのは、吉増剛造による。

41 **（言語）**
「真の言語はどれも理解不能である。」（アントナン・アルトー「ここに眠る」）

47 **（この世）**
「この世にあらわれながら、何の混乱も引き起こさないようなものは、尊敬にも忍耐にも値しない。」（ルネ・シャール「蛇の健康を祝して」）

60 **（侏儒）**
蒲松齢『聊斎志異（上）』（岩波文庫）中に、「耳の中の小人」という話が出てくる。

96 **（波ひとつ）**
「おうい雲よ／ゆうゆうと／馬鹿にのんきさうぢやないか／どこまでゆくんだ／ずつと磐城平の方までゆくんか」（山村暮鳥「雲」）

97 **（似てなんかいない）**
「ぼくの女は鏡の性器をもつ」（アンドレ・ブルトン「自由な結合」）、「大地は一個のオレンジのように青い」（ポール・エリュアール「愛すなわち詩」）、「彼は（……）手術台のうえのミシンと蝙蝠傘の偶然の出会いのように美しい」（ロートレアモン『マルドロールの歌』）などの詩句をふまえて。

117 **（豚もキャベツも）**
「何によって、／何のためにわれわれは管のごとき存在であるのか。」（北村太郎「雨」）

138 **（笑われている）**
R・A・ラファティ『九百人のお祖母さん』（ハヤカワ文庫）に、同題の奇天烈なSF短編がある。

索引

春 3、4、6、17、43、47、58、64、75、79、80、91、98、121、136

夏 7、23、31、32、33、45、55、69、76、82、92、96、105、108、124、130

秋 14、40、50、65、78、81、83、90、94、101、103、113、125、131、138

冬 10、12、16、37、39、52、54、60、66、70、100、111、112、118

羇旅 2、11、18、51、59、71、72、86、87、102、114、133

恋
19、21、22、24、27、46、74、88、89、93、97、104、106、107、110、116、122、127

雑
1、5、8、9、13、15、20、25、26、28、29、30、34、35、36、38、41、42、44、48、49、53、56、57、61、62、63、67、68、73、77、84、85、95、99、109、115、117、119、120、123、126、128、129、132、134、135、137

初出　「現代詩手帖」二〇〇六年七月号〜十一月号、二〇〇七年一月号〜五月号
及び「ガニメデ」三九号

野村喜和夫（のむら・きわお）　一九五一年、埼玉県生まれ。詩集に『特性のない陽のもとに』（歴程新鋭賞）、『風の配分』（高見順賞）、『ニューインスピレーション』（現代詩花椿賞）、『街の衣のいちまい下の蛇は虹だ』、『スペクタクル』、その他の著書に評論集『二十一世紀ポエジー計画』、『現代詩作マニュアル』、訳詩集『ヴェルレーヌ詩集』などがある。

稲妻狩《いなづまがり》

著者
野村喜和夫《のむらきわお》
発行者
小田久郎
発行所
株式会社思潮社
〒一六二―〇八四二　東京都新宿区市谷砂土原町三―十五
電話＝〇三―三二六七―八一四一（編集）・八一五三（営業）
ＦＡＸ＝〇三―三二六七―八一四二
振替＝〇〇一八〇―四―八一二一
印刷所
三報社印刷株式会社
製本所
誠製本株式会社
発行日
二〇〇七年六月十日